François PIERRON

ROMÉO BLUES

Les Presses du Midi

Paru chez le même éditeur *Les Presses duMidi*
dans la collection poésie :

Chronique d'un amour fou

Impression PDM

---

121 avenue d'Orient - 83100 Toulon
Tel. : 04 94 16 90 20 - Fax : 04 94 16 90 29
Dépôt légal décembre 2000
ISBN : 2-87867-290-9

ADIEU D’AMOUREUX…

Tu tires sur ta clope
Et tu te moques
En vain
De ce tÆrain
Qui s’en va
T’en a vu d’autres toi !
Elle tire sur sa clope
Et elle, suffoque
En vain…
Tu laisses partir ce train
Direction Paris-Lille
Ou pourquoi pas Los Angeles
Et ton chien tire sur sa laisse
Vers une mauvaise adresse
Mais comment lui en vouloir
Dehors il fait si noir
Que les gouttes de pluie
Éclatent sur le parvis
Sans même qu’on les voie…
Comme ces larmes sur les joues
De celle qui avoue
T’avoir mené trop loin ?
Et toi tu tires sur ta clope
Et tu te tapotes la main
Histoire de dire que tout va bien.

❄ ❄ ❄ ❄

CÉCILE S ET TAIRA ...

no vote na
bankrof
nina
aber
dîne
o
ritz
alein
bist
du
ye rush man aim .

❄ ❄ ❄ ❄

CHÈRE AMIE,

Sais-tu pourquoi
parfois me revient
une mélodie latente
en moi de nouveaux renouveaux de carybe en isla
je raisonne
mais voilà que martèle et sermonne mon cervelet
cervelas
et quantique caetera abla bla cadabra romantique
courvoie et pourvoie
contre toi et toute éventualité
par et pour deux toi être aimé
sans sonnet et sans prose
j'explore et dévore

l'âme l'aura et ta sphère botanique
où poussent plantes et pics roses
au milieu d'épiques zéro absolu...ment
Convaincu qu'en toi j'ai cru pourquoi ?
Souvent par foie
Je t'aime Vanina
François

❄ ❄ ❄ ❄

CHÈRES TOUTES,

Vous tourner des compliments,
point je ne fais ;
En effet cela va sans dire... rime avec admire !
Cependant, chacune de vous
a su garder sourire
face à l'avenir.
Personnellement je trouve grâce... à vous,
des moyens de calmer mon tempérament,
héréditaire, à sang pour sang.
Il va sans dire que par prédilection,
mon moral fluctue suivant selon...
Que dire de plus ?
No comment
François.

❄ ❄ ❄ ❄

DESCENDANCE CHIMÉRIQUE

Parce qu'à deux
Survit le merveilleux
Où tout se conçoit
Au-delà
De l'omniscience
Ou de l'omniprésence…
Non
Bien au delà des apparences
Existe
Belle et bien… une Descendance !

❄ ❄ ❄ ❄

ENFANCE ET RÉSURGENCE

Le petit chose
et l'âne gris
ont bercé l'enfance
aux cheveux gris...
déjà l'absence,
c'était acquis ;
entre autre chose,
je vous le dis,
cet enfant là ;
avait compris,
que l'existence
un jour finit...
par un petit chose
cet âne gris...

l'histoire implose :
les yeux rougis,
le silence s'impose.
Pudeur suffit.
Il faut que j'ose
franchir la vie,
cueillir la rose,
elle lui sourit...
au petit chose
et l'âne gris
alors repose
et me sourit.

❄ ❄ ❄ ❄

EVA

EVA HERZIGOVA
Première Femme du Paradis métallique
dont le pêché
fut d'entrer dans la clique
des travailleurs en orbite
côtoyant le star système
elle a su déclencher
les foudres du ciel
jusque dans les yeux des hommes
qui pour une œillade
ne tomberaient pas dans les pommes
attraction fatale pour ses yeux opales
et sa grâce
féline

je devine
une nostalgie
pour son passé pays
laissés
les amoureux
à Varsovie
Elle aura
J'en suis sûr
Envie de revoir
Ses beaux yeux
Sûr...
Un clin d'œil à cette enfance
Dusse-t-elle le faire sans souffrance
Avec calme et élégance
Cette noble âme
Conjuguera sa différence
Sans oublier son appartenance
À sa légende du froid
Que le feu du ciel
Calma.

❄ ❄ ❄ ❄

FLIC OU VOYOU... PROFESSIONNEL !...

Doté de dons
Exceptionnels
Ont fait
De lui
Ce potentiel
Justicier

Au regard
Toujours azuré
Car elle-même
En lui sait
Qu'au-delà
Ceux qui s'aiment
Sans forfaits
Sont libres
D'eux...
Mêmes
Si c'est pas vrai
Un jour ce t'aime
Je te dirai
À quoi bon
Blême
T'aime
Depuis jamais
Plus de problèmes
Et ça j'le sais !

❄ ❄ ❄ ❄

FLORENCE

Pense
Ailleurs
En pensées
Denses
D'ailleurs
Suis-je
Son

PRIVATE DANCER ?
No pain
No anger
Angely smile...
Towards her
In press I am
Summer heat
Beating dead
No love instead
She's she
That's all for me !
FRANCKIE.

❄ ❄ ❄ ❄

FULL

Gentle man
Is on behond
And behind
An hand
Inside the pocket
Light up a cigarette
She's a she
Flying above me
It's reall
It's fantasy
Cleaning a saoul YESTERDAY LONELY...

Curly FROG...

❄ ❄ ❄ ❄

IN FAYRY DAY

Tyffanie
Amber
Is
Your
Hair...
Tender
Would be
The fair
Way
Of a dream
Made
Of
One
Day.

❄ ❄ ❄ ❄

JE SUIS FAUX BICS

J'rase pas les mûres
J'sucre pas les fraises
Et j'aime pas l'bleu
J'préfère la beue
Anesthésie
Anasthasia
Ma dent d'sagesse
Sucre candie
Joue au poker
De jour de nuit

Et me tricote
Un bonnet d'nuit
Et ma loupiote
Alors lui luit !

ATCHAO ! … lilu.

❄ ❄ ❄ ❄

LA NINA ET CAETERA…MOSKOVA !

François est comme toi
Un infini gars
Qui imprime comme toi
La pellicule surannée…chérie
Par l'art divinatoire.
C'est sans histoire que je veux croire
En une très belle histoire
Auquel rien ni personne
Ne pourrais plus surseoir.
Dans l'espérance de ton regard
A jamais perdu dans la prunelle
De mes amoureux cieux
Au-delà desquels se perdent mes beaux yeux clairs
Cette fois ci vas-y…
Laisse toi plaire
Imagine une pluie d'enfer
Où la pluie et l'orage auraient peur de nous
Comme une excuse à notre rendez-vous.
Je t'aime…
Voyez-vous.

En d'autre termes…
Liebie Diu.

❄ ❄ ❄ ❄

LADY DY

Lady died tonight
In a fast cab
Behind the light
Over the night
She grabded
The other sides
Where princess
Of fairy tales
Live their lives
Without excess
Of brightness
There, flashes
Are diamonds eyes
As Princess passes
Could this be just a dream.

❄ ❄ ❄ ❄

MAGALIE

Charmante et
Séduit
Pourtant

J'opère
En survie
Point trop n'en faut
Lui dit soierie
Puis n'en dit plus
D'ration d'survie
Pas même de rab
Sur ce rafiot
Faudrait ap'ler
Captain Némo
Pour la briefer
Sur ma bio
Quel beau navire...
Y'a une voie d'eau
Contact émir
Illico !

❄ ❄ ❄ ❄

NEWS FROM THE PAST

At last
A dream
Will come
As fast
As
Flash
In the night
Spreading
Inside the blue
Seas

Delphins and wealths
Things
For you and me
Don't you?
Si !

❄ ❄ ❄ ❄

PROJET PRODIGE

Enfant
Thym
Bistro
Cuistre
Rage
Eau
Adage
En un mot :
Courage
Malin
Intello
Artiste
Hommage
Radio
Fin de message
Auto-bio
Attends
Massage
Sublime
L'image
Jusqu'au fin fond de tes plus beaux rêves

Sans grèves
Sur les plages
Sans galets
Ni valets
Juste l'écume
Sans l'amertume
Éclairé par la lune
Je vais vers toi
En somme nan bulles.

Kamel ZION

❄ ❄ ❄ ❄

ROMANTIQUE

Romantique
un brin fougueux
j'ai le penchant ambitieux
du délire amoureux
de la guerre sidérante
où les critiques
et les mots
ne trouvent plus d'échos
je suis à la cime
des idéaux
je suis la caricature
du maudit
et sans
associations inutiles
c'est dans le style
que j'exploite
le battement de tes cils

influençant
ma dépression
jusqu'à l'exil.

❋ ❋ ❋ ❋

SHARON,

Your souvenir
Your sweet memory
Brings back to me
A deep feeling of agonie
You were shining like a rainbow
Throwing your smile
As an arrow
Into my heart

I love you so.
FRANCKIE

❋ ❋ ❋ ❋

TOUT LE MONDE IL EST TROP

Gaffe
Baffie
Aux mauvais gouts
Dégouts radiophonik
Kill
Now
Music
For canular cosmik

Pute one lips tics
Explore
Music
Play
Roles
Instead of critik
Keep on
Total eclips
Coming on my list !

Chois zi va

❄ ❄ ❄ ❄

VANINA

Vanina
Prénom délicieux
Qu'évoque l'amoureux
À en perdre la raison
Que d'évoquer ton nom
À en mourir
De me noyer
Dans tes éclats de rire
Trop rares
Si précieux
Et pourtant
Si présents
Qu'à l'instant
J'aimerais pleurer
Mon amour

Juste pour que l'image
Sublime l'image
De tes yeux
Déjà noyés
D'être aimés
Pour ce qu'ils sont
Avec fierté
Tu as raison
Mes yeux sont comme de la soie satinée
Et les tiens renvoient cette image à l'infini
Amour
De nos deux corps
Même si j'ai par trop encaissé
La peur de te perdre
Je suis désormais en verve
De propos
Bien à propos
No qui proquo
No problémo
Te quiéro
Pour ton aura
Et ton charisme
Qui de ton charme
Se font prisme
À me faire voir ton visage
Que dans le nocturne
Substrat signe de bon cachet
Digne d'être décacheté
À bonne température
Qu'importe la saison
Et mon damné mouron

Tu as donné un sens à ma vie
Celui de l'amour infini
À en perdre crédit
Débiteur de ton cœur
Sèche tes larmes potentielles
Existentielles
À toi la plus belle.

❄ ❄ ❄ ❄

VANESSA

Je ne sais pourtant
un jour viendra
sans attendre
loin des sentiments tendres
tombées
les feuilles d'amandiers
un jour viendra
sonner le glas
aux soleils d'automne sans toi et moi
un jour viendra
crois-moi...
je t'aime
François.

❄ ❄ ❄ ❄

VÉRONIQUE

Te souviens-tu des jours
D'automne sous ces mêmes
Arbres ?
La foudre, la pluie, le vent
Toi et tes vingt printemps,
Les miens sont partis depuis
Dix ans pourtant je trouve
Grâce à tes yeux ce je ne sais
Qui rend amoureux secret
De l'âme, de ses reflets jusque dans ses drames je
me sens devant toi gentle man.

Ad libitam.

❄ ❄ ❄ ❄

ABBY

Remember
And be clever
Painzy meurt
Lazy answer
Remember
A guy
With killy smile
Around his eyes
No promise
Improvise
Nation

From
Liberty
To…
Fondation.

❄ ❄ ❄ ❄

CHARLOTTE V

Au beau milieu
Viendra le soir
Et tes aveux
Au désespoir
En vain j'avoue
Je veux vous voir
Autre élément
Fêtatoire
Au rire enclin
D'oeil juste pour
Voir
Le rire
Déclencher
Enfin
Un retour
En mémoire
De tes beaux yeux
Sans lunettes noires.

❄ ❄ ❄ ❄

CLOTHILDE

Courre aux
Chiots
Cette mère louve
Couve en elle
L'amour qu'elle découvre
À tord et à travers
Coule en elle
Le sang de Prévert.

❄ ❄ ❄ ❄

ÉTERNITE

Ce soir est un très grand soir :
Même les miroirs brisés
Semblent se réincarner.
La mer au travers des pins
A des reflets d'ivoire,
Et, cent fois brisée,
Toujours immaculée,
Elle est un miroir à mille facettes des plus parfait
Tel un diamant aux feux bleutés
Jetant un charme trouble à l'éternité.

❄ ❄ ❄ ❄

J'HABITE

J'habite
chez ch'ai pas qui,
de toute façon
je suis Marquis de Carrabas
Prince consort
et Futur Roi
de mon Empire
d'autrefois,
encore
il va de soi
que j'inspire
déférence
à mon endroit.

❄ ❄ ❄ ❄

IL SE RETOURNA...

Sans bien la voir
C'est pour cela
Qu'il ne pleura pas
Et quand bien même
Ce fut le cas
Dans son être
Il retrouva
L'espoir peut-être ça...
Dure toujours
Si ça va pas
Pense à toi m'aime ?

Et saute le pas.
Un jour viendra
Te dire je t'aime
Petit papa.

❄ ❄ ❄ ❄

INES

Né
Le divin
Enfin
Le divan
Où
Le rend
Tant
Plan
Côté
Métro
Mello
J'roule
A tout'
Un gros…
Mégot…

PS : c'est un code.

❄ ❄ ❄ ❄

RDV JUSTE PAR ICI

Tire pas sur moi
Je suis amie
Viens avec moi
Viens par ici
Compte sur moi
Je sais ici
N'est plus
Pour toi
Le paradis
Artifice du langage.
Ne nie pas le partage
Sors de ton vase
Clos et dévisage
Ce qu'est la vie
Pour ceux de notre âge.
Ton marécage
Et sa fumée
T'ont par trop embrumé
Oubli le goût
De l'eau salée
Cherche fontaine
Et belle tablée
Pour oublier tout ton passé.

❄ ❄ ❄ ❄

À CECI PRÈS

Ton regard
a tant fait
tout dit
silence...
on dit :
miroir brisé
de solitude
vous renverra
l'attitude
de l'être aimé
À
ceci près...
que mon regard
est ton reflet
sur les vagues de l'après

AD LIB

❄ ❄ ❄ ❄

TON CŒUR PARLE

Ton cœur parle
je l'entends battre
le rythme de mes paroles
ton regard ne se cache plus

derrière la crainte de me blesser
mon regard absinthe a déclenché

une crise de quinte dans tes pensées
ne m'en veux pas d'ainsi te dévoiler

Ton cœur parle
je l'entends battre
le rythme de mes paroles
ton regard ne se cache plus

le chemin de ma plainte doit trouver
la juste porte de ta psyché
pour continuer ce monologue inachevé
quoi de mieux qu'un dialogue pour parachever
dix ans d'exode vers la liberté

Ton cœur parle
je l'entend battre
le rythme de mes paroles
et ton regard ne se cache plus.

❄ ❄ ❄ ❄

VIE CALLIPYGE

De bout en bout
mon histoire
tient debout
comme quoi
comme moi
il faut voir
à sa manière
avant de penser sans barrières.

De bout en bout
se noue
la trame
de mon âme
révélée
par ma vie
et ses drames
de vis à vis.

De bout en bout
je tiens
debout
sans vertiges
juste quelques vestiges
d'une vie
callipyge
à mes yeux qui se figent.

❄ ❄ ❄ ❄

DEMAIN

Demain
sera
ce qu'aujourd'hui
a dû verser
pour être hier

Il n'est vain
ce refrain
et son reflet

en dit long
sur l'après

Demain
sera
ce qu'aujourd'hui
a dû verser
pour être hier

De toutes
comme de mille
façons
tu as
de me mettre
en émoi

Demain
sera
ce qu'aujourd'hui
a dû verser
pour être hier

Destin
Muse
et méandres
de mon entité
fasse
que je trouve
mon chemin
vers la liberté

Demain
sera
ce qu'aujourd'hui
a dû verser
pour être hier

❄ ❄ ❄ ❄

FAUTIL

Faut-il

se battre
pour l'exil
perdu
seul
dans son Il

Fautil

se faire
battre
quand le faire
est encore Show

Fautil

l'admettre
même pour de faux
quitte à permettre
au jour nouveau...

Fautil

peut-être
quitte à tout rompre
ne jamais dire
ce que son être
vous pousse à dire

Fautil ?

❄ ❄ ❄ ❄

LA PREUVE PAR TOI

La preuve par toi

est sans calcul
je t'aime
jusqu'au crépuscule
et l'au-delà
ne sera que prémisse
pour évoquer toi
La preuve par toi

c'est 100 délices
et éxhaustivement
jusqu'à la fin des temps

La preuve par toi

est sans fondement
je t'aime...
aveuglément

La preuve par toi

c'est sans attendre
l'impatience,
l'absence,
n'ont aucune importance ;
quand je pense...

à

la preuve par toi

❄ ❄ ❄ ❄

LE SLOW QUI TUE

Je vais écrire le slow qui tue

moi
depuis ton départ
toutes ces phrases
ces hasards
qu'on dévie
n'ont plus crédit.

Je vais écrire le slow qui tue

toi
tu me reviendras
comme je l'écris
je le vis
tu me reviendras

Je vais écrire le slow qui tue

et tous
les mots
toutes images
sons et langages
ne seront que littérature
pour compter ce mirage
d'un amour plus sage.

Je vais écrire le slow qui tue

pour tous ceux dont la vertu
a trouvé sa rime
sur fond de musique câline

Je vais écrire le slow qui tue...

❄ ❄ ❄ ❄

NON GRATTA A MONACO

Non gratta
à Monaco
Avec panache
et quelque Ego

Je joue ma ch'mise
et mes sanglots

Quand on s'attache
ça fait banco
ruiné du cœur
je me restaure
avec des mots
qui je l'espère
instaurent
un renouveau

Non gratta
à Monaco
Avec panache
et quelque Ego
J'roule pas en porsche
à Key Largo
ni avenue Foch
c'est pas l'propos
J'veux une bonne pioche
un gros gateau
un plan cinoche
pas l'caniveau

Pour te revoir
un jour de beau

Non gratta
à Monaco
Avec panache
et quelque Ego

Je joue ma ch'mise
et mes sanglots

Pour te revoir
un jour de beau

❄ ❄ ❄ ❄

NOSTALGIE

J'ai connu la gloire
j'ai connu la frime
quelques Jaguars
poudrées quinine
Mais dans l'histoire
très très in
un amour illusoire
à fait que j'im-
agine
des fins des soirs
sans rêves ultimes
juste
revoir
au coin du bleu
la nuit
qui vibre
d'un seul feu

J'ai connu la gloire
j'ai connu la frime

quelques Jaguars
poudrées quinine

❄ ❄ ❄ ❄

ROMÉO BLUES

Pour vivre dans la tristesse
il faut une puissance
que ni ange ni déesse
ne maîtrisent avec adresse

envers soi et l'autre
je compose et je divague
entre vertige et renaissance
j'hésite à d'autres vies
boire plus que deux raisons
paradis artificiel
pour se retrouver au ciel

Pour vivre dans la tristesse
il faut une puissance
que ni ange ni déesse
ne maîtrisent avec adresse

dans les deux sens du terme
je t'aime
irrésolvable problème
que l'amour Roméo
à qui Juliette
a fait son numéro

Pour vivre dans la tristesse
il faut une puissance
que ni ange ni déesse
ne maîtrisent avec adresse
passer à l'acte
suivre la scène
combien d'images
combien de chiffres
pour évoquer
la sage...
est-ce d'aimer ?
qui tend à tout prouver...
quitte à ce que tout prouve
que la sagesse
longtemps depuis vous a quitté.
Pour vivre dans la tristesse
il faut une puissance
que ni ange ni déesse
ne maîtrisent avec adresse

❄ ❄ ❄ ❄

L'ARDOISE

Quelques mots lancés
à la ronde
et des rimes à la s'conde
j'aurais tant aimé...
des regards qui se croisent
dans une ville hongroise
des souv'nirs à la pelle
je connais l'ardoise...

Une vie qui passe
autour de moi
et ne s'arrête pas
j'aurais tant aimé
mais je connais l'ardoise.

❄ ❄ ❄ ❄

PÉTALE DE FLEUR

Un pétale de fleur
s 'était posé
sur son cœur
joli
tatou âge
ton cœur
t'aime
comme
des milliers de fleurs
s'éveillant
pour le printemps
et le renouveau des amants.
Et puis l'été venant
les tourments
de l'âme
échaudés
par le temps
qui passe
pris
mon cœur
en nasse
et de ta main

le cadenas
se referma
jusqu'à
ce que
je trouve la clé
bâclée
des songes
inachevés
sur notre commune
destinée.
Alors la clé se brisa
au sein même
de la serrure
mais libérant quand même
l'ouverture
mon cœur
retrouva sa place
à demi
placée
sur la tranche
et le côté
il a fini
par retomber.

❄ ❄ ❄ ❄

J'AIMERAIS

J'aimerais être un psy
chédélique
un démavogue

un epsylone
un peintre à gone
un mac
à dame
mais pas un écrit vain.

❄ ❄ ❄ ❄

INTROSPECTION

Le monde alentour
à l'entendre
est plein d'atours
à s'y méprendre
sur ses contours.
Un vrai trompe l'œil
pour l'adolescent
n'ayant fait le deuil
de l'existence
quittant son seuil.
Je me suis souvent miré
afin de souligner mes traits
dans les yeux des filles
mais je récupère ma bille.
J'ai mûri malgré moi
de m'être brûlé
tant de fois...
les coups de soleil
existentiels
ont tanné
ma vie

à m'en buriner la face
le regard
et en préface
j'écrirai
avant que je ne m'efface
ces quelques lignes
sur une glace.

❄ ❄ ❄ ❄

PAPILLON

Douceur de miel
au réveil
que ces lèvres posées
sur les miennes
fondant
comme neige au soleil
et la chambre de s'allumer
d'un bonheur retrouvé
après l'obscure errance
de nos deux cœurs
partis pour un monde
aux mille lueurs...
éphémères.
Vie de papillon
que chaque nuit.
Vie à reculons
qui s'assombrit
avec la nouvelle
tombée du soleil

de l'autre côté du globe oculaire
tout en douceur
il se lève
mais on ne le voit plus :
un autre astre
a pris sa place
muse crépusculaire ou zénithal
elle donne à tous nos frères un élan capital.

❄ ❄ ❄ ❄

AMOUR ADOLESCENTE

J'aimerais écrire un poème
pour conjurer ma flemme
et dire à tous ceux ce que j'aime
que la chose n'est pas vaine.
De corridors en espaces vides,
je bronzerai en faisant le vide
de toutes ces mauvaises années
passées à mal respirer
au propre comme au figuré.
Et je me promènerai dans les plaines
de l'enfance
pour savourer l'insouciance
atteignant l'adolescence.
Je la mettrai en souffrance.
Car aujourd'hui,
je suis à la croisée des chemins...
c'est là que je décide

ou c'est là que je suis vain
cinq ans ne sont pas de trop
pour évoquer un crescendo
et voir enfin la lumière
sourire à mes paupières.

❄ ❄ ❄ ❄

LUI

Est tel
Qu'il est
Quand il aime
C'est pour de vrai,
Raisons
Il a
Sans s'attarder
Sur
Lui
Est tel
Qu'il est
Quand il aime
N'y voyez
Aucun effet
De style
Au sourire malin
De gamin sans quartier
Il est
Tel qu'il est
Fidèle
Pour de vrai

Cet il
Ce je
C'est moi
Il va de soi
Ne va sans dire
Tant j'ai pris le temps
D'apprendre
À vous sourire
Le reste
Est à l'avenir
Et pour finir
J'aime à vous
Chérir

❄ ❄ ❄ ❄

Y-A-T'IL ?

Un mot
Pour ceux qui s'aiment
Sans le vouloir ?
Destin malin
Magie noire
Évanescente
Dans la bleue fumée
D'un cigare
Ou d'autres gestes
Et attitudes
Vous rappellent
Au reste
Au rang au poing aux coups de sang

Toujours est-il
Charme opérant
À jamais toi
Demeurant… François…

❄ ❄ ❄ ❄

SOMMAIRE